BANQUET ANNUEL

DU 29 SEPTEMBRE

A NANCY

1881

DISCOURS

PRONONCÉ PAR

M. Amédée DE MARGERIE

DOYEN DE LA FACULTÉ CATHOLIQUE DES LETTRES DE LILLE

NANCY

IMPRIMERIE SAINT-EPVRE, JULES PICARD

1881

BANQUET ANNUEL

DU 29 SEPTEMBRE

A NANCY

1881

DISCOURS

PRONONCÉ PAR

M. Amédée DE MARGERIE

DOYEN DE LA FACULTÉ CATHOLIQUE DES LETTRES DE LILLE

NANCY

IMPRIMERIE SAINT-EPVRE, JULES PICARD

—

1881

BANQUET ROYALISTE

DU 2 OCTOBRE 1881

Les royalistes lorrains avaient renvoyé, cette année, la célébration du 29 septembre, anniversaire de la naissance de Monsieur le comte de Chambord, au 2 octobre, un dimanche, pour permettre à tout le monde, surtout aux ouvriers et aux cultivateurs, qui n'ont pas une journée à dépenser, d'y assister sans perte de temps.

L'appel du président du comité royaliste a été entendu. Deux cents royalistes étaient réunis dans la cour spacieuse de l'Hôtel de France, sous une tente ornée de drapeaux blancs et d'écussons aux armes de France, de Lorraine, d'Alsace, de Metz, et des principales villes lorraines. Les armes de Metz et d'Alsace étaient voilées d'un crêpe.

La moitié de l'assistance se composait de nouveaux venus dans les rangs royalistes ; les cultivateurs et les ouvriers en formaient les trois quarts.

Il y avait *quatre-vingt-dix* présences au banquet du 29 septembre 1879, *cent cinquante* au banquet du 29 septembre 1880, *deux cents* à celui de 1881. Les royalistes n'ont donc pas perdu de terrain, au contraire. Quant aux adhésions, elles dépassaient le chiffre de *trois cents*.

Chaque convive a trouvé sous sa serviette un numéro du journal le *Henri V*, tiré à un seul numéro, à l'occasion du 29 septembre.

Au dessert, M. du Pont de Romémont, président du comité royaliste de Nancy, porte le toast au Roi, en ces termes :

TOAST DE M. DU PONT DE ROMÉMONT

MESSIEURS,

Nous fêtons aujourd'hui, avec toute la France royaliste, le jour anniversaire de la naissance du Roi.

L'empressement avec lequel vous avez répondu à notre appel, témoigne que les dangers et les hontes de l'heure présente, bien loin de décourager les royalistes, ravivent leurs invincibles espérances, et amènent dans nos rangs tous les hommes honnêtes qui ont entendu l'appel fait par Henri de Bourbon « à tous les dévouements, à tous » les cœurs honnêtes, dans quelque situation politique » qu'ils se soient trouvés et sous quelque drapeau qu'ils » aient combattu jusqu'ici (1). »

La Révolution victorieuse triomphe aujourd'hui; mais ayons confiance! un gouvernement qui s'attaque au Christ et à son Église, qui compromet les intérêts les plus sacrés de la Patrie, est en France un gouvernement sans avenir.

L'odieux régime que subit la France aura le sort de tous les gouvernements despotiques qui essaient de se soutenir par la violence et l'arbitraire, et pour lesquels l'heure de la chute est souvent bien près de celle du triomphe.

Cette heure, Messieurs, sera « l'Heure de Dieu; » la

---

(1) M. le comte de Chambord, 20 février 1852.

France désabusée repoussera ses exploiteurs, elle se souviendra qu'elle a dû des siècles de grandeur et de prospérité à la Monarchie traditionnelle, et elle acclamera l'héritier de ses Rois, Celui qui est le « fondé de pouvoirs » nécessaire pour remettre à sa place ce qui n'y est pas, » et gouverner avec la justice et les lois, dans le but » de réparer les maux du passé et de préparer enfin un » avenir (1). »

La Révolution alors sera vaincue, — la France sera sauvée.

Messieurs,

A la santé du Roi !

Tous les assistants debout font entendre une acclamation prolongée de *Vive le Roi !* Le silence rétabli, M. du Pont de Romémont donne la parole à M. Amédée de Margerie, doyen de la Faculté catholique des Lettres de Lille. L'éminent orateur prononce au milieu d'une religieuse attention le discours qui suit :

DISCOURS

DE

M. Amédée DE MARGERIE

DOYEN DE LA FACULTÉ CATHOLIQUE DES LETTRES DE LILLE

Messieurs,

Les applaudissements par lesquels vous venez de m'accueillir ont doublé l'émotion que j'éprouvais d'avance à la pensée de reprendre la parole, après cinq ans de silence,

---

(1) M. le comte de Chambord, 4 mai 1871.

dans cette ville de Nancy qui est restée ma patrie d'adoption. Lorsque je l'ai quittée pour faire ailleurs mon devoir, je savais que j'y laissais des amitiés solides, et je sentais que j'y laissais mon cœur. Et je disais à la Lorraine ce que disait à la France une princesse lorraine qui fut reine de France :

> La nef qui disjoint nos amours
> N'a eu de moi que la moitié ;
> Une part te reste, elle est tienne ;
> Je la fie à ton amitié,
> Pour que de l'autre il te souvienne.

Je vous remercie de m'avoir montré que le temps ne peut rien sur la fidélité de vos souvenirs. Et je renouvelle avec vous ce pacte d'alliance que la communauté de notre foi religieuse et de notre foi politique rend plus intime encore. (*Vifs applaudissements*).

Messieurs, je bois à la persévérance et à l'espérance.

Nous sommes les vaincus d'aujourd'hui. Pour que nous soyons, comme nous y comptons bien, les vainqueurs de demain, nous devons demander des leçons à la défaite. C'est ce que je voudrais faire, sans plus de préambule, en appelant votre attention sur les raisons de la victoire de nos adversaires, puis sur l'avenir que cette victoire nous prépare, enfin et très principalement sur les devoirs que la situation présente nous impose envers les trois causes qui, de plus en plus, n'en font qu'une, la cause de Dieu, la cause de la Patrie, la cause de la Royauté. (*Applaudissements*).

I

Faisons d'abord le compte des moyens de succès dont nos adversaires ont le privilège.

Nous savons tous que la partie n'est pas égale, dans les affaires privées, entre les honnêtes gens et les coquins. Là où les premiers sont gênés par leurs scrupules, les seconds sont tout à fait à l'aise ; à talents égaux, celui qui arrive et laisse l'autre en arrière, c'est celui qui passe partout, même par les chemins interdits, celui à qui tous les moyens sont bons, celui qui ne se laisse jamais arrêter par ce fâcheux garde-champêtre qu'on appelle la conscience. Et c'est précisément pour rétablir l'équilibre qu'il y a des tribunaux et des gendarmes.

Il en est tout à fait de même aujourd'hui dans les affaires publiques, avec cette seule différence que notre état politique actuel ressemble à une organisation judiciaire qui mettrait tribunaux et gendarmes du côté des voleurs. (*Rires et applaudissements*). Nous avons à lutter contre des gens qui peuvent avoir toutes les vertus privées, mais qui s'en dédommagent en pratiquant largement tous les vices politiques utiles, très particulièrement le mensonge, sans préjudice de la violence. Ils mentent sur nous et sur eux-mêmes; ils nous calomnient, et ils disent que c'est nous qui les calomnions ; ils usent et abusent de la candidature officielle, et ils écrivent des circulaires vertueuses pour dire qu'ils l'ont en horreur ; ils font audacieusement la guerre à l'Église, et ils affirment effrontément qu'ils ne la font pas.

Rien de tout cela, hélas ! n'est à notre usage. Nous ne voulons pas nous servir de ces armes, parce que nous ne sommes pas encore convertis à cette morale indépendante qui rend l'homme indépendant de la morale. Et nous ne le pouvons pas, parce que nous ne saurions, en vérité, comment nous y prendre : nous serions trop gauches pour y réussir, et nous aurions la honte sans avoir le succès. Et si nous sommes assez naïfs pour demander des juges, nous rencontrons tantôt les conseils académiques de M. Ferry, tantôt le tribunal des conflits de M. Cazot, tantôt les 363 qui nous invalident *parce que c'est nous* et se valident *parce que c'est eux*. Un de nos candidats conteste l'élection de son adversaire, nommé à quelques voix de majorité; il établit des faits de pression, de corruption et de calomnies de quoi en déplacer plus de cinq cents; le député est validé quand même; — il était de la gauche. Un de nos amis a été élu à une majorité énorme en dépit de toutes les pressions, de toutes les menaces, de toute la propagande des cabarets, de tout l'embrigadement de la franc-maçonnerie ; le député est invalidé quand même ; — il était de la droite. C'est comme cela qu'ils ont fait, il y a quatre ans ; c'est comme cela qu'ils feront cette année, si la fantaisie leur en pren d.

Voilà avec quelle énorme inégalité de ressources nous avons dû engager la bataille. Ajoutez à cela le tour de passe-passe à l'aide duquel le gouvernement a escamoté les élections en avançant leur date, — sans doute, afin d'en finir avec le scrutin avant que la mauvaise affaire de Tunisie eût produit tout son mécontentement dans le pays et dans les familles, mais aussi, n'en doutez pas, afin de prendre par surprise les conservateurs qui, hélas ! n'ont pas coutume d'être prêts d'avance. Et vous comprendrez, en tenant compte de tout cela, que la grande victoire républicaine rentre dans la catégorie des petites affaires arrangées d'avance en famille entre compères et entre complices. *(Très-bien ! très-bien !)*

Mais il est juste aussi et plus instructif de faire la part des vaincus.

Je ne dirai qu'un mot de ceux des conservateurs qui se sont flattés de gagner des voix républicaines en faisant des politesses à la République : ils n'en ont pas gagné une seule, et c'est décidément une expérience à ne pas recommencer *(Applaudissements)*. Quelques autres ont persisté, comme en 1874, comme en 1875, comme en 1877, à se placer sur le terrain de la conservation neutre et anonyme, plus fuyant, plus vague, plus intenable aujourd'hui que jamais. Nous ne voyons pas que cela ait beaucoup profité à leurs candidatures ; mais ce que nous voyons, c'est qu'ils ont, sans le vouloir, rendu un mauvais service à la cause conservatrice en contribuant à entretenir dans le pays cette idée fausse et désastreuse qu'il faut se résigner à la République comme à un mal nécessaire, parce qu'on n'a rien à mettre à la place. Et cependant, au fond ils sont d'accord avec nous ; ils savent bien que le choix n'est offert à la France qu'entre la République, qui est la mort, et la Royauté, qui serait la résurrection, parce qu'elle est à la fois l'ordre et la liberté ; ils savent que le mur de séparation entre la France malade et le Roi, son médecin nécessaire, est fait tout entier de préjugés absurdes et d'odieuses calomnies. Il est impossible que des hommes de ce talent, de cette clairvoyance, de ce patriotisme, hésitent longtemps à se joindre à nous pour faire tomber le mur funeste, à se déclarer hautement pour le parti de la vie contre le parti de la mort. *(Très-bien ! très-bien !)*

Et maintenant à notre tour, à nous qui sommes, qui avons été et qui serons des royalistes tout haut, de pratiquer sincèrement le devoir de l'examen de conscience. Avons-nous fait tout ce qui était à faire ? avons-nous servi notre grande cause avec toute la vigueur, toute la persévérance, toute l'intelligence qu'elle attendait de nous ?

Et d'abord, dès le lendemain du jour où le Sénat, par un vote à mon avis regrettable, décida le maintien du scrutin d'arrondissement, nous devions être en campagne.

Nous ne devions pas ignorer que, sous le régime actuel, il faut toujours s'attendre à tout et que, plus une manœuvre est déloyale et illégale, plus elle plaît au gouvernement de la République, pourvu qu'elle le serve. Il y avait donc toutes les chances pour que la date des élections fût fixée au plus mal, c'est-à-dire de la façon la plus contraire au bon sens et au bon droit. L'époque que nos maîtres ont choisie était vraisemblable, précisément parce qu'elle était déraisonnable et malhonnête. En tout cas, l'incertitude suffisait pour qu'on dût se tenir prêt à tout événement et s'occuper, toute affaire cessante, de trouver des candidats.

Je sais bien que la difficulté n'était pas petite. Dans les circonscriptions vouées au rouge, il faut une grande dose de dévouement et de courage pour affronter, en vue d'une défaite certaine, les fatigues, les ennuis, les déboires d'une campagne électorale, pour livrer son nom en pâture à toutes les insultes, sa personne à toutes les haines, ses vitres aux pierres que les électeurs radicaux ajoutent volontiers à leur bulletin de vote. Il n'en faut pas moins pour lutter en vue du succès, quand le succès doit avoir pour résultat quatre ans de captivité dans une fosse aux lions, je veux dire dans une assemblée où la justice, le patriotisme, l'éloquence sont sans cesse étouffés par les hurlements et les votes d'une majorité qui ne veut rien entendre. Mais c'était une raison de plus pour se mettre en quête sans perdre un seul jour,

pour constituer une caisse électorale qui dispensât les candidats d'ajouter le sacrifice de leur fortune à celui de leur
personne, pour vaincre, au nom de la patrie en péril;
la modestie des uns, l'irrésolution des autres, pour faire
comprendre à tous qu'en un temps comme le nôtre,
l'acceptation de la candidature est, sauf le cas d'impossibilité absolue, un service obligatoire. *(Très-bien)*.

On a fait cela dans beaucoup de départements. Mais dans
beaucoup, hélas ! on ne l'a pas fait, et on a donné au gouvernement la joie de voir son complot réussir. L'attitude des
conservateurs a montré qu'ils étaient pris par surprise, que
rien n'était prêt à la veille du combat, et qu'on ne s'était mis
d'accord ni sur les noms, ni même sur la question de savoir
si on combattrait. Toute candidature offerte était aussitôt
déclinée : « Qui ! moi ! vous n'y pensez pas ! je suis trop
jeune, je suis trop vieux; — je ne suis pas assez connu, je
suis trop connu, — je ne suis pas homme d'affaires, je ne
suis qu'homme d'affaires. Que ne prenez-vous X ou Y ?
voilà vos hommes ! » — X ou Y, cela va sans dire, tenaient
le même langage. Ailleurs on disait : « A quoi bon ? il n'y a
rien à faire ! on est vaincu d'avance ; réservons-nous pour
des temps meilleurs ; » bref, toutes les mauvaises raisons que
suggèrent le découragement et le dégoût, combinés avec la
la paresse. De là finalement des abstentions, qui, de quelque
façon qu'on les explique, semblent toujours un aveu d'im-
puissance. Je sais tel département où, après avoir annoncé
l'intention de combattre dans toutes les circonscriptions, on
a fini par rentrer tranquillement chez soi, laissant les jour-
naux radicaux célébrer avec de grandes fanfares ce qu'ils
appellent la totale unification républicaine de la région.

Convenons entre nous, avec franchise et avec tristesse,
que ce ne sont point là de bons exemples. Certes les gens
qui ont le pied sur notre gorge font tout ce qu'il faut pour
nous réduire à cette inertie ; certes le combat dont ils ont
réglé les conditions n'est pas un combat loyal, et les honnêtes gens sont excusables de jeter les dés pipés et les cartes
biseautées à la figure de ces tricheurs. Mais la conscience
publique a depuis longtemps pris acte de notre protestation ;
et se croiser les bras n'est pas, à mon avis, la meilleure manière de la renouveler. Quand l'armée nationale et royale s'est

mise en campagne, obéissant à la fois à ses propres inspirations longtemps contenues et au commandement de son général en chef qui est le Roi, elle savait bien que la bataille générale ne pouvait la conduire qu'à des victoires partielles, et que ces victoires, quel qu'en fût le nombre, laisseraient la cause du droit, dans la future Chambre, à l'état de minorité opprimée. Il fallait marcher quand même, et sur toute la ligne ; il fallait savoir se faire battre, afin de montrer que partout on vivait, afin d'offrir partout aux honnêtes gens un point de ralliement, afin de prendre possession de l'avenir au nom de la bonne cause. C'était la seule protestation digne d'elle et de nous, au lieu que l'abstention a toujours l'air d'une réduction à zéro : zéro mathématique, si elle veut dire que les soldats ont manqué pour la lutte ; zéro moral, si elle veut dire que le courage a manqué aux soldats.

Je me hâte de dire que, dans la réalité vraie, l'abstention des royalistes, là où elle s'est produite, n'avait cependant pas ces caractères. Elle a été le résultat de la surprise, du désarroi, du dégoût, parfois d'une erreur systématique dans laquelle il ne faudra pas retomber. Celles de nos troupes qui n'ont pas combattu n'en restent pas moins de bonnes troupes. L'effet seul a été fâcheux, et si j'éprouve tant de tristesse à constater que, dans bien des circonscriptions, nos amis pouvaient plus qu'ils n'ont fait, c'est parce que je suis ardemment convaincu que, dans la lutte suprême où nous sommes engagés, on ne fait tout ce qu'on doit qu'à condition de faire tout ce qu'on peut et même un peu plus. *(Vifs applaudissements)*.

II

Et maintenant, les choses étant ce qu'elles sont, à quoi devons-nous nous attendre ?

A tout.

M. Gambetta va, selon toute apparence, prendre la réalité visible et officielle du pouvoir dont il avait la réalité occulte.

Il n'entre dans l'esprit de personne que la situation fantaisiste qu'il a prolongée, non sans peine, jusqu'à la fin de la dernière législature puisse se renouveler d'une façon qui dure. Cette fertilité d'expédients qui lui donne un vague air de famille avec l'illustre Scapin de Molière *(rire général)* échouera contre la force des choses, et il faudra qu'il s'abaisse au rôle de premier ministre. Ce qui est plus certain encore, c'est que le futur ministère, fût-il le même que l'ancien, devra *faire quelque chose.* La Révolution n'entend pas que ses serviteurs s'endorment ou s'arrêtent ; elle veut qu'ils marchent ; selon qu'elle est plus ou moins impatiente, elle les somme d'appliquer tout son programme à la fois, ou elle leur permet de n'en réaliser d'abord qu'une partie en s'attachant, comme l'a dit M. Gambetta, *à quelque bonne question* qu'elle leur donne à résoudre d'après ses principes.

Le choix est fixé d'avance ; la question que M. Gambetta se propose de jeter aux passions de son parti, la question sur laquelle il compte pour ajourner ces revendications sociales qui lui font peur, depuis qu'ayant des millions à perdre, il a réfléchi que ce qui a été bon à prendre est bon à garder, c'est la question religieuse. Si un accord est possible entre les intransigeants et les opportunistes, c'est la France catholique qui en paiera les frais. M. Ferry, avec la fatuité d'un malfaiteur de profession qui se glorifierait de ses exploits de grands chemins, s'écrie, à Saint-Dié, après avoir énuméré les couvents crochetés et les collèges fermés : *Qui de vous aurait osé en faire davantage ?* M. Gambetta déclare, à Charonne, que la lutte est entre la République et l'Église catholique, irréconciliable adversaire de la société moderne. En 1877, il disait : *le cléricalisme, voilà l'ennemi ;* en 1881, il dit, démasquant sa formule : *la religion, voilà l'ennemi.* En somme, la République ouvre un concours pour un premier prix de guerre à Dieu, et invite les concurrents à déposer leurs projets. « Suppression du budget des cultes, abolition du Concordat », dit M. Clémenceau. « Non, dit M. Gambetta ; j'ai étudié la question de plus près, et j'ai reconnu que c'est un mauvais système. Nous aurions beau couper les vivres à ces gens-là, ils vivraient, si nous les laissions libres. Gardons le Concordat interprété à notre façon, comme un moyen de les enchaîner, et allons au plus pressé et au plus lucratif. Le plus pressé, c'est d'achever la laïcisation des écoles ; le plus lucratif, c'est de mettre la main sur les biens des congrégations ; c'est là, citoyens, qu'il y a un beau coup à faire. Commençons donc par là ; nous aviserons ensuite à aller plus loin. » Vous le voyez, tout se réduit à la différence d'allure entre un train express et un train omnibus. *(Rires et applaudissements).* L'accord est parfait quant au but final, et aussi quant au point de départ, qui est la persécution religieuse.

Je crois qu'ils commenceront par le train omnibus, et que leur premier soin sera de reprendre la loi d'athéisme obligatoire. Avec ou sans le Sénat, le noir complot va aboutir, et la République va procéder ouvertement à l'assassinat de l'âme populaire. Accessoirement, elle reprendra la chasse au jésuite, et peut-être la présence d'un seul religieux lui suffira-t-elle pour fermer un collège. Elle imaginera quelque chose pour tuer, sans loi nouvelle, nos chères Universités catholiques ; et si nous nous obstinons à vivre, comme nous y sommes parfaitement résolus *(longs applaudissements)*, elle supprimera purement et simplement cette liberté d'enseignement dont les restes mutilés suffisent pour lui faire peur. L'état athée, imposant l'éducation athée : tel est l'horrible et prochain avenir. *(Sensation prolongée).*

Mais l'Église ne saurait souffrit sans résistance qu'on lui arrache les âmes qu'elle est venue sauver. Entre ces âmes qu'elle aime et la conspiration infernale qui s'acharne à les perdre, on la trouvera debout, comme on trouve une mère entre le corps de son enfant et le poignard des assassins. *(Bravos et acclamations).* Il faudra passer par elle avant de les atteindre. On passera par elle, et la persécution religieuse ira jusqu'au bout, jusqu'à la fermeture des églises et à la proscription du clergé.

Mais la guerre contre Dieu ne peut jamais aller seule.

D'abord, la République athée ne saurait s'accommoder ni d'une magistrature indépendante et qui garde encore des traditions chrétiennes, ni d'un Sénat qui, malgré ses complaisances. vote quelquefois encore pour le droit et pour Dieu. L'établissement d'une justice révolutionnaire et la concentration des pouvoirs dans une assemblée unique héritière des traditions de 1793, ce sont des conditions indispensables pour le succès du plan que poursuivent nos laïcisateurs à outrance.

Ensuite, quand on a chassé des âmes l'idée de Dieu qui soutient tout ordre moral, consacre toute autorité, sanctionne toute discipline, du même coup la bride est lâchée aux pires instincts de la pire démagogie. Et quand cette idée auguste est officiellement combattue par les pouvoirs publics qui ont mission de la défendre, ces détestables instincts prennent eux-mêmes le caractère d'une force officielle dont le gouvernement subit le joug après s'être appuyé sur elle.

De là il suit que la génération athée qu'on nous prépare sera purement anarchique et absolument ingouvernable, sinon par le bâton, et qu'en attendant son entrée en scène, la bête révolutionnaire sera lâchée dans la rue par le gouvernement lui-même, pour appuyer la persécution de sa présence, de ses hurlements et peut-être de ses morsures.

Nous l'avons vue et entendue l'an passé, quand on ne lui livrait encore que quelques dominicains et quelques jésuites ; nous avons vu sortir des égoûts le hideux personnel des grandes journées de la Commune ; nous nous souvenons des insultes dont il honorait quiconque allait prier pour la dernière fois dans les chapelles condamnées aux scellés, et de ce cri *à bas la calotte !* qui réclamait assurément une autre proie que les moines. Doutez-vous que ces scènes ne se reproduisent dans des proportions agrandies à mesure que de nouvelles exécutions viendront offrir de nouvelles pâtures à ses appétits affamés d'otages ? Croyez-vous qu'après avoir aiguisé sa faim, le gouvernement puisse à son gré l'endormir, alors que le redoutable contraste de la richesse et de la misère posera brutalement la question sociale au milieu d'un peuple à qui on aura enlevé tout principe de devoir, de respect et de résignation, toute consolation de ses épreuves, toute espérance d'immortalité, toute crainte des jugements éternels ? Ah ! il est facile de dire, comme M. Gambetta, qu'il n'y a pas de question sociale. Mais on ne supprime pas ce qu'on dissimule ; la question demeure, et il est trop clair que si Dieu est un mot et l'enfer une fable, si la vie présente est le tout de l'homme et la jouissance le tout de cette vie, il n'y a ni éducation civique, ni dissertation économique qui puisse arrêter l'assaut livré à la richesse qui ne connaît plus la charité par la misère qui ne connaît plus la justice ; et cela veut dire que nous marchons droit à la guerre sociale. *(Profonde sensation)*.

Et pendant ce temps, la prétendue prospérité intérieure est en réalité la ruine. Notre dette s'accroît chaque année d'un milliard ; et chaque année la France s'appauvrit d'un second milliard par l'excédant des importations sur les exportations, c'est-à-dire de la consommation sur la production, absolument comme une famille qui tiendrait constamment ses dépenses beaucoup au-dessus de ses revenus. De désastreux traités de commerce vont livrer sans défense notre industrie et notre agriculture à une concurrence qui menace de les détruire. Vous en savez quelque chose, Messieurs ; vous calculez avec angoisse le moment où, le blé d'Amérique abaissant le cours du marché français au-dessous de votre prix de revient, vous devrez cesser de produire à perte, où la désastreuse dépopulation des campagnes prendra les proportions d'un fléau véritablement destructeur ; et où, par la grâce de la République, le sol national demeurant sans culture, le pain du peuple sera à la merci de la première guerre maritime qui viendra fermer nos ports. Et pendant ce temps là, la politique républicaine désorganise et décourage de son mieux notre vaillante armée. Et pendant ce temps-là, la France, devenue suspecte à toutes les puissances conservatrices, est de plus en plus isolée en Europe. Et l'horizon, si noir au dedans, n'est guère plus riant au dehors.

III

Devant ces perspectives sombres, quel est le devoir ?

Plusieurs répondent : « Il n'y a plus de devoir, parce qu'il n'y a plus rien à faire. La France s'obstine à préférer la honte, la ruine et la mort certaines à l'honneur, à la prospérité, à la vie ; la paralysie intellectuelle et morale a gagné notre malheureux pays ; rien ne fera revivre cet organisme épuisé où le cœur ne bat plus. Ce qui est plus grave que tout, la France a renié Dieu ; un peuple qui renie Dieu est un peuple condamné. »

Eh ! bien, Messieurs, cela n'est pas vrai. (*bravo ! bravo !*) Ce peuple de France n'est ni un peuple politiquement mort, ni un peuple qui ait renié Dieu. C'est un peuple trompé, coupable de l'être parce qu'il est en partie responsable de son erreur, mais réellement trompé et n'ayant pas commis de propos délibéré le double crime qu'on lui impute. Il s'est livré follement aux hommes qui le commettent en son nom ; mais ces hommes sont venus à lui déguisés et masqués, loups couverts de peaux de brebis, mentant sur ce qu'ils sont et sur ce qu'ils veulent, mentant sur le rôle et les intentions de l'Église, mentant sur le passé de la France monarchique et chrétienne, mentant sur ce que serait la royauté restaurée. Est-ce que je les calomnie en disant cela ? Est-ce qu'un seul candidat républicain, parlant au peuple des campagnes, a osé dire loyalement et cyniquement dans sa circulaire : « Je suis l'ennemi de la religion ? » Est-ce qu'ils n'ont pas dit précisément le contraire ? Est-ce que, si chacun de nous apportait les faits à sa connaissance personnelle, on ne ferait pas un gros livre avec le récit des habiletés de parole ou d'action qui ont aidé les candidats de la gauche à capter les paysans chrétiens et le curé lui-même, s'ils avaient affaire à quelque âme particulièrement candide et étrangère à ce qui se passe hors de la paroisse ? et est-ce que j'aurais besoin d'aller chercher bien loin des exemples ? Et si vous ajoutez à ces manœuvres locales les protestations de bienveillance et de respect pour la religion qui alternent dans la bouche des ministres avec les déclamations contre le cléricalisme, comment vous étonner que le peuple des campagnes s'y trompe et qu'il prenne au sérieux cette distinction du cléricalisme et de la religion, qui est le mensonge fondamental de notre République ? Comment vous étonner que les cléricaux soient à ses yeux des gens qui veulent la dîme et le régime des billets de confession, et les royalistes des gens qui veulent ramener les droits féodaux et la tyrannie des seigneurs ? On lui dit tout cela, et il le croit.

D'ailleurs, les expulsions de religieux, les crochetages de serrures, les fermetures de collèges ne le touchent pas directement, puisqu'il n'a chez lui ni religieux, ni collèges. Dans ce qu'il voit de ses yeux, rien encore n'est notablement changé ; son église reste ouverte ; son curé est toujours là, remplissant auprès des âmes son ministère auguste. Pour que sa vue s'étendît plus loin, il faudrait qu'il fût très fortement chrétien par la foi, par les mœurs, par une docilité et un zèle qui le rendraient plus perspicace dans les questions religieuses, et lui feraient repousser avec horreur le poison de la mauvaise presse. Il ne l'est pas à ce degré ; et c'est son tort en même temps que son malheur. La préoccupation exclusive et âpre de l'intérêt matériel, le mauvais esprit de défiance, de révolte et d'envie. la violation habituelle de certains commandements de Dieu et de l'Église ont abaissé son niveau moral et son niveau intellectuel ; et tout cela, dont il est responsable, fait de lui une proie facile pour les exploiteurs des mauvais instincts qu'il n'a pas su vaincre en lui-même. Mais tout cela, bien que très coupable et digne des sévérités divines, n'est ni l'apostasie religieuse, ni la paralysie politique. Ce peuple n'a pas cessé d'être chrétien par le fond de ses entrailles ; il n'entre pas dans son esprit que ses unions soient sans bénédiction divine, ses naissances sans baptême, ses morts sans sacrements, ses funérailles sans prières (*Applaudissements*). Il n'a pas cessé d'être conservateur sous sa surface républicaine ; et c'est parce qu'il l'est qu'il a peur de tout changement, et qu'il s'adapte à tout régime établi, pourvu qu'il ne soit pas absolument intolérable.

Telle est la réalité vraie ; elle justifie les tristesses, non les découragements. *(Vive approbation)*.

Dès lors, notre premier devoir est de conserver l'espérance patriotique et chrétienne, qui permet de prier et qui permet d'agir.

Vous dites que Dieu a définitivement condamné la France. Qu'en savez-vous ? Êtes-vous dans ses conseils ? Vous a-t-il révélé la limite précise où sa miséricorde fait place à sa justice ? Vous ne seriez pas chrétien, si vous refusiez de prier pour les hommes pécheurs, dont la conversion est possible jusqu'au dernier soupir : l'êtes-vous, quand vous refusez de prier pour les nations, toujours guérissables ? Nous ne savons qu'une chose : c'est que Dieu pèse dans une balance équitable le bien et le mal qu'il trouve chez les peuples, et qu'en conséquence, notre devoir patriotique, comme notre devoir moral, est de nous placer courageusement dans le plateau du bien, puisque nous savons que la vertu de chaque citoyen plaide auprès de la justice divine la cause de son pays. Si nous faisons cela, qui est toujours possible et toujours obligatoire, nous rendrons à la France, outre ce service invisible et supérieur de l'intercession et de la prière, un service visible et palpable qui, en lui profitant, profitera à notre cause: le service du bon exemple. Grâce à Dieu, la distinction du bien et du mal n'est pas encore effacée de la conscience française ; et une cause qui s'honore par la vertu personnelle de ses membres exerce à la longue, autour d'elle, une action dont il est impossible de contester ou de limiter la puissance. (Très-bien ! très-bien !)

Le second devoir est la résistance. Nous devons à Dieu, à l'Église, à la patrie, à notre cause, d'être des premiers, — je ne dis pas assez, d'être les premiers, — à la défense religieuse et sociale. Il y a là un devoir quotidien qui grandit avec la fureur de l'attaque, et qui réclame des sacrifices croissants d'argent, de temps, de plaisirs. Et si nous croyons y avoir atteint la limite du possible, un examen sévère nous amènera souvent à reconnaître que cette limite peut être reculée encore. Et, par exemple, je dirai, avec la franchise d'un vieil ami, aux jeunes royalistes que je sais toujours prêts à se faire tuer pour le Pape et pour le Roi : « Non, vous n'avez pas fait tout le possible tant que vous n'avez pas résolûment renoncé à la vie frivole pour entrer dans la vie sérieuse, tant que je compte dans vos journées tant d'heures vides qui pourraient être si bien remplies, dans votre intelligence tant de belles facultés en friche qui pourraient recevoir une culture si féconde pour l'honneur et le succès de la bonne cause. Si vous êtes citadins, vous tenez-vous disponibles pour toutes les formes de l'activité catholique, depuis la visite des pauvres et l'inspection des écoles jusqu'à la conférence populaire et à l'article de journal ? Si vous êtes ruraux, songez-vous à mettre votre activité, votre influence dont il reste sans doute quelque chose, la bonne grâce et l'attrait sympathique de votre jeunesse, au service de ce grand devoir du patronage chrétien, dont ceux-là seuls contestent l'efficacité religieuse et sociale qui ne l'ont jamais sérieusement et persévéramment pratiqué ? Si oui, faites mieux ce que vous faisiez bien ; si non, mettez-vous à l'œuvre pendant que la liberté personnelle du dévouement vous est encore laissée ; il est grand temps de préférer les âmes aux chiens et aux chevaux, et de quitter le poste de spectateurs dans les petits théâtres pour le poste d'acteurs dans le drame poignant qui doit avoir pour dénoûment la mort ou la résurrection de la patrie. »

Quand nous aurons tous fait cela, chacun selon notre vocation et notre puissance, nous aurons déjà travaillé d'une manière très efficace à préparer le salut du pays par le triomphe de notre cause. Ai-je besoin d'ajouter que ce que nous ferons dans l'ordre religieux et social, nous devons le faire aussi dans l'ordre politique ? Là aussi il y a, plus que par le passé, des sacrifices à faire, des activités à déployer, des forces latentes à mettre en valeur.

D'abord, en attendant que l'heure vienne de verser du sang pour notre cause, elle a droit de compter sur l'argent ou l'or de ses fidèles. S'il est vrai, ce que je ne veux pas savoir, que la prétendue impossibilité de couvrir les frais d'une candidature ait contribué, dans telle ou telle circonscription électorale, à faire prévaloir chez nos amis le parti de l'abstention, ce scandale — pardonnez-moi la brutalité du mot — ne doit plus se renouveler.

Mais la contribution de la lumière, de celle surtout qui rayonne par la parole, est plus urgente et plus nécessaire encore que celle des capitaux. L'œuvre des conférences royalistes doit être reprise et étendue. Des villes grandes ou petites il *faut* qu'elle se répande dans les campagnes et que la vérité arrive enfin au peuple sous cette forme. Ceux de nous qui s'y sont essayés sont unanimes à croire à son efficacité et à écarter comme absolument puérile l'objection tirée de la prétendue stérilité de ses premiers essais. La parole est une semence ; donnez-lui le temps de germer, et ne niez pas la moisson parce que vous ne la voyez pas jaunir vingt-quatre heures après les semailles. « On ne nous avait jamais dit cela ! » ce mot d'un auditeur rustique au sortir d'une conférence, est vraiment le mot de la situation. Non, on ne le leur avait jamais dit ; et c'est pour cela qu'ils ne le savaient pas. Donc, qu'on le leur dise et qu'on le leur redise. Ils viendront vous écouter, nombreux, attentifs, finalement sympathiques au-delà de ce que vous attendiez. Je vous le dis, s'il y a un moyen humain d'arracher brin à brin de l'âme populaire l'ivraie de calomnies et de préjugés que l'homme ennemi y sème sans obstacles depuis de longues années, de faire la lumière là où il a accumulé les ténèbres, de préparer la nation française à pousser, quand l'heure de Dieu aura sonné, le cri qui la sauvera, c'est celui-là. Il veut un personnel nombreux, afin qu'on aille partout ; du travail, afin qu'on sache les choses dont on parlera ; quelque exercice, afin qu'on ne reste pas court. Rien de tout cela n'est introuvable. Les grâces d'état feront le reste, et la cause elle-même est un fardeau qui soutient ceux qui le portent. (Applaudissements).

Enfin, il faut que partout les royalistes fassent aimer la royauté en faisant aimer ceux qui la représentent. La fermeté des principes à quoi il faut inviolablement tenir, et la vigueur loyale de la discussion qui est l'usage d'un droit naturel, n'ont rien de commun ni avec la raideur, ni avec l'aigreur, ni avec le goût des personnalités désobligeantes et des récriminations rétrospectives, ni avec ce je ne sais quel air de supériorité, qui mettrait en fuite les conservateurs déjà à moitié convertis à la seule politique vraiment conservatrice, mais encore hésitants et surtout peu disposés aux pénitences publiques. Mains ouvertes, bras ouverts, cœur ouvert, voilà comment il faut aller à ceux qui commencent à revenir à nous, à ceux même qui ne se sont point mis en marche, et qu'une certaine défiance de l'accueil qui les attend tient encore immobiles. (Très-bien, très-bien !) N'avons-nous pas, d'ailleurs, cette heureuse fortune que notre chef est notre modèle, ici comme en tout le reste? Quand le Roi a donné le signal, attendu et désiré, de l'action politique électorale, il n'a demandé à personne ni désaveu de son passé, ni engagements écrits, ni adhésion même verbale à un programme détaillé. Il est allé à tous, comme un honnête homme à d'honnêtes gens, avec cette seule question : « Êtes-vous pour la Royauté, et puis-je compter sur vous pour m'aider à refaire la France ? » Et, sans distinction d'amis de la première et d'amis de la dernière heure, quiconque lui a répondu : *Oui*, a désormais sa place parmi ses fidèles, de quelque point de l'horizon politique qu'il vienne. Ainsi ferons-nous à son exemple, facilitant aux bonnes volontés encore flottantes les premiers et les derniers pas, évitant avec une délicatesse généreuse tout ce qui pourrait semer quelque obstacle ou éveiller quelque défiance dans l'esprit ou dans le cœur des hommes que nous appelons à travailler avec nous au salut de la France, tout ce qui pourrait donner à la cause royale une physionomie de coterie étroite ou de caste fermée, tout ce qui ne serait pas digne de, la magnanime parole d'Henri de France : JE NE SERAI JAMAIS LE ROI D'UN PARTI. *(Applaudissements)*.

En achevant cette causerie, qui est devenue presque un discours, je sens mon âme soutenue par une indomptable espérance, écho de l'immense allégresse qui remplissait les cœurs français, le 29 septembre 1820. Je ne crois pas au succès durable de ceux qui insultent Dieu dans le ciel, et guerroient sur la terre contre toutes les volontés honnêtes. Je crois que gloire sera rendue à Dieu, et que les hommes de bonne volonté marchent, à travers l'épreuve, vers la paix dans la victoire. *(Bravos!)* Je crois que, si nous savons faire notre devoir, la France finira par ouvrir les yeux, et qu'entre un maître qui s'appelle Gambetta en attendant qu'il s'appelle Rochefort, et un roi qui s'appelle Henri de France, elle choisira, plus tôt qu'on ne pense, comme il faut choisir. Et je dis à tous mes concitoyens :

Méditez cette alternative, vous n'en avez point d'autre. C'est notre misère et notre honte qu'elle puisse seulement être posée et que nous en soyons là. Mais c'est aussi notre heureuse fortune que notre mauvais génie ait des incarnations si repoussantes, et que la cause du mal soit, comme la cause du bien, représentée d'une manière digne d'elle.

Dispensez-moi de faire le portrait des maîtres que la Révolution nous annonce et déjà nous impose. Vous connaissez leurs principes et leurs visées, leurs allures et leur langage ; vous vous souvenez comme ils étaient gais et de bonne composition au milieu des larmes et du sang de la patrie agonisante ; vous voyez comme la table du budget les met en belle humeur quand ils y sont assis, et comme ils s'y étourdissent pour ne pas voir la main qui écrit sur les murs de la salle que leurs jours sont comptés et que leur règne va finir. Regardez-les, et passez.

Puis tournez les yeux vers celui de qui, après Dieu, la France attend son salut. Et comprenez que Dieu ne veut pas qu'elle périsse, puisqu'il lui a conservé ce grand cœur qui ne bat que pour elle, ce large et ferme esprit qui voit si juste et de si haut nos maux, leurs causes et leurs remèdes, cette intelligente et profonde sympathie pour les besoins et les épreuves des classes laborieuses, cette tendresse de père pour tous les fils de la famille française, cette magnanimité qui ne veut se souvenir d'aucune injure personnelle, ce beau regard clair qui laisse lire au fond d'une âme sans tache, ce fier et doux sourire, et, avec cette vertu d'un fils de saint Louis, cette bonté cordiale, cette vaillance, cet esprit français d'un fils d'Henri IV. *(Acclamations prolongées)*.

Oubliez un moment l'horreur du sort qui serait le nôtre si le joug que nous portons devait être définitif et que nous fussions les condamnés perpétuels des galères républicaines. Ne songez plus aux maux dont la royauté nous délivrera ; regardez seulement les biens que nous assurera son retour : Dieu replacé à la base et au sommet de la société, l'honnêteté à tous les degrés du pouvoir, la liberté régulière déployant ses puissantes initiatives sous la protection d'une autorité sûre d'elle-même, l'éducation religieuse formant ces générations avec lesquelles on fait des familles saines et fortes, des citoyens libres et paisibles, des soldats disciplinés qui ne reculent jamais, les questions sociales courageusement abordées et résolues selon les principes de l'Évangile, le progrès harmonieux et pacifique, la France remise à sa grande place politique et reprenant la tête de la civilisation chrétienne. Le monde n'aura pas vu de plus beau spectacle ; et il dépend de nous que ce ne soit pas un rêve, mais un réveil. Dussions-nous n'en pas être les témoins, il vaudrait la peine de travailler, de souffrir et de mourir pour assurer cet avenir à nos fils. Mais, s'il plaît à la Providence, nous le verrons de nos yeux ; et quand nous l'aurons vu, nous pourrons mourir en paix, laissant la France sous deux gardes fidèles : sous la garde de Dieu, et sous la garde du Roi. *(Acclamations, et cris répétés de Vive le Roi!)*

Lorsque l'enthousiasme soulevé par cet admirable discours est calmé, M. Auguste Charaux, de Pont-à-Mousson, professeur à la Faculté catholique des Lettres de Lille, porte la santé de M. Amédée de Margerie, avec cette voix puissante, ce geste énergique, cet entrain, cette rondeur qui en font un orateur éminemment populaire :

TOAST DE M. CHARAUX

Messieurs,

Un mot seulement.

Je bois avec une fierté toute particulière à M. de Margerie, l'excellent doyen de notre Faculté des Lettres de l'Université catholique de Lille. Si je me trompe sur le titre, vous ne m'en saurez pas mauvais gré. Je bois à l'orateur éloquent, à l'écrivain illustre, avant tout au chrétien modèle, à l'homme de bien. Je prie Dieu (nous prions, nous autres royalistes) de lui conserver sa robuste santé, afin que la force de son corps nourrisse longtemps, bien longtemps, cette âme active, infatigable, qui a déjà tant fait de bien et qui en a plus à faire encore.

Passant du serviteur loyal au Roi Henri V lui-même, du Roi à la politique (c'est bien naturel), je bois à l'union indissoluble de l'Église et de l'État. L'État et l'Église, c'est le corps et l'âme ; or, leur union (le catéchisme nous l'apprend), c'est la vie ; leur séparation, c'est la mort.

Je bois légalement, sans eau dans mon vin, à la mort de cette République d'athées qui veut l'asservissement de l'Église et la mort de la France.

Je bois à l'union parfaite des catholiques et des royalistes sur le terrain de la Monarchie traditionnelle. Que les catholiques soient royalistes, que les royalistes soient catholiques comme l'est Henri V lui-même.

Je bois au Pape, et au Roi qui réconciliera ou aidera à réconcilier la terre et le ciel, la France et Dieu.

Après les applaudissements qui saluent ce toast vigoureux, M. Henri Arsac, rédacteur en chef de la *Gazette de l'Est*, prend la parole pour souhaiter une chaleureuse bienvenue aux nouveaux royalistes, et pour remercier ses principaux collaborateurs dans l'organisation du Banquet.

TOAST DE M. ARSAC

Messieurs,

Je ne veux pas affaiblir par un nouveau discours l'effet des magnifiques paroles que viennent de faire entendre l'éminent doyen de la Faculté catholique des Lettres de Lille et l'honorable professeur de la même Faculté ; je tiens seulement à remplir un devoir de justice, en remerciant du fond de mon âme les royalistes dévoués qui ont contribué le plus au succès de cette réunion. Leur modestie m'ordonne de ne les point nommer ; ils trouvent une récompense infiniment plus douce dans le spectacle d'une assemblée comme celle-ci, où tous les cœurs, réunis dans le même patriotique espoir, battent au nom du Roi, c'est-à-dire du sauveur attendu pour relever la France du degré d'abaissement où la République l'a fait tomber depuis dix ans, délivrer son territoire, et la remettre à la tête de l'Europe ; car tel est le rôle tutélaire joué par la Monarchie à toutes nos époques de calamités publiques. Ce fut celui de Louis-le-Gros, de saint Louis, de Charles V, de Charles VII, de Louis XII, d'Henri IV et de Louis XVIII ; ce sera celui du très digne héritier de ces grands rois.

Qu'ont voulu les organisateurs de cette réunion ?

1º Affirmer aux sceptiques leur foi dans le salut de la patrie et de la liberté françaises par le seul retour à la constitution quatorze fois séculaire du pays, à la vraie constitution nationale, au port d'où il nous a tant coûté d'être sortis depuis un demi-siècle ;

2º Prouver aux tièdes et aux relâchés que le vrai courage grandit à proportion de la durée et du poids des épreuves ;

3º Donner aux irréguliers, aux indisciplinés et aux frondeurs l'exemple du devoir, de l'union et de la discipline, sous la direction incontestée du Roi, — qui en vaut bien une autre, j'imagine ;

4º Enfin, montrer à nos adversaires les progrès constants de notre cause et les bien convaincre que, si la Révolution a pu décapiter un roi, elle n'a, pas plus chez nous qu'en Angleterre, pu décapiter la Monarchie.

Telle est la quadruple et éclatante affirmation que quelques-uns d'entre vous. Messieurs, nous ont permis de soutenir aujourd'hui en nombre plus imposant encore que les années précédentes.

Je vous propose donc de boire à ces royalistes d'élite, inaccessibles à toute défaillance, et de boire aux nouveaux venus, électrisés par leur exemple, que nous avons la joie de compter au milieu de nous.

J'y vois d'anciens fonctionnaires ; ils ont eu l'honneur d'être révoqués pour des motifs qui, en d'autres temps que ceux de l'ordre immoral où nous gémissons, constituaient des titres à l'avancement. Saluons ces victimes du devoir, ces sentinelles de la loi, ces esclaves de la conscience ; le Roi réparera envers eux les iniquités de la République.

J'y vois un bon nombre d'ouvriers des champs et des villes, fatigués, harassés, d'être le perpétuel marchepied des ambitieux et des bavards qui, hier sans sou ni maille, mais la bouche enfarinée de belles promesses, aujourd'hui devenus riches tout à coup, non par le travail et l'économie, mais par des tripotages inavouables, ne pensent plus aux classes laborieuses, et éclaboussent insolemment l'électeur dont ils ont mendié le suffrage. Disons bien haut à ces ouvriers : « Vous êtes l'objet des préoccupations et des études du Roi, parce que vous souffrez le plus, en définitive, de la *crise sociale;* le Roi connaît vos besoins, vos souffrances, il y portera remède ; vos aspirations légitimes, il y fera droit ; il n'a pas de fortune à faire à vos dépens, lui, comme ceux qui ont pris sa place ; il veut faire, pour l'émancipation des ouvriers, ce que les rois ses ancêtres ont fait pour l'émancipation des communes. » Si vous pouviez, mes amis, aller à Frohsdorff, le Roi vous montrerait un des cadeaux auxquels il tient le plus : c'est une paire de pistolets qui lui ont été offerts par une délégation d'ouvriers de Paris.

Je vois encore parmi nos convives un vigoureux contingent d'agriculteurs vosgiens venus, malgré la distance, d'un canton où, loin d'encenser la laide et malfaisante idole du jour, — j'ai nommé Jules Ferry, — on lui casserait volontiers l'encensoir sur la tête. Patience ! cette prétentieuse nullité a trouvé son Mexique, et nous ne tarderons pas à le voir tomber sous le poids de ses fameux crochets et du mépris public. Espérons que du canton de Provenchères, ce foyer du royalisme vosgien resté si pur et si brillant au milieu des ténèbres environnantes, partira, aux premières élections, le signal de la débâcle finale du père des sinistres décrets, en attendant qu'il aille rendre ses comptes à la justice.

Et nos amis de la Lorraine démembrée, les oublieronsnous ? Non, certes ; car ils n'oublieront pas, eux, que la Monarchie fit l'unité territoriale de la France, qu'elle lui donna ses frontières, qu'elle les fit toujours respecter, même après deux invasions, et qu'elle seule rendra à la mère-patrie ses enfants violemment séparés.

Buvons, Messieurs, aux nouveaux venus et aux royalistes animés du feu sacré.

Après ce dernier toast, lecture est donnée de l'Adresse suivante :

ADRESSE AU ROI

Sire,

Les convives du banquet royaliste déposent aux pieds de Votre Majesté l'hommage de leur dévouement et de leur inébranlable fidélité. Ils espèrent fermement avoir bientôt la joie de voir son Roi légitime rendu à la France, et cette chère patrie, revenue aux traditions chrétiennes qui ont fait sa grandeur dans le passé, entrer dans une ère nouvelle de concorde. de justice et de liberté.

Cette adresse est aussitôt couverte de signatures.

Puis on se mêle, on fait ou l'on renoue connaissance, on s'encourage à persévérer et à se tenir prêts pour le moment où la République tombera d'elle-même sous le poids de ses illégalités et de ses fautes, sans renoncer jusque-là à l'entamer par toutes les armes légales qui sont à la disposition des honnêtes gens.

*   *
*

En terminant, M. de Margerie nous permettra de lui adresser l'hommage de nos respectueux remerciements. Comme il l'a dit, la parole porte avec elle sa semence ; la sienne, ajouterons-nous, en portera plus que toute autre. Cette semence, tombant sur la bonne terre de Lorraine, y fera germer une abondante moisson.

Nancy, imprimerie Saint-Epvre, Jules Picard.

www.ingramcontent.com/pod-product-compliance
Lightning Source LLC
Chambersburg PA
CBHW061613180626
46818CB00005B/2057